CRISPIN
RIVAL
DE SON MAÎTRE.

COMEDIE.

Par Monsieur Le S**. (Lesage)

Le prix est de dix-huit sols.

A PARIS,
Chez PIERRE RIBOU, sur le Quay des Augustins, à la descente du Pont-Neuf, à l'Image S. Loüis.

MDCCVII.
Avec Approbation & Privilege du Roy.

ACTEURS.

Mr ORONTE Bourgeois de Paris.

Me ORONTE ſa femme.

ANGELIQUE leur fille, promiſe à Damis.

VALERE Amant d'Angelique.

Mr ORGON Pere de Damis.

LISETTE ſuivante d'Angelique.

CRISPIN valet de Valere.

LABRANCHE valet de Damis.

La Scene eſt à Paris.

CRISPIN RIVAL DE SON MAISTRE.

COMEDIE.

SCENE PREMIERE.

VALERE. CRISPIN.

VALERE.

H te voilà, bourreau!

CRISPIN.

Parlons ſans emportement.

VALERE.

Coquin!

CRISPIN.

Laiſſons-là, je vous prie, nos qualitez. De

quoi vous plaignez-vous ?

VALERE.

De quoi je me plains, traître ! tu m'avois demandé congé pour huit jours, & il y a plus d'un mois que je ne t'ai vû. Est-ce ainsi qu'un valet doit servir ?

CRISPIN.

Parbleu, Monsieur, je vous sers comme vous me payez. Il me semble que l'un n'a pas plus de sujet de se plaindre que l'autre.

VALERE.

Je voudrois bien sçavoir d'où tu peus venir ?

CRISPIN.

Je viens de travailler à ma fortune. J'ai été en Touraine avec un Chevalier de mes amis faire une petite expedition.

VALERE.

Quelle expedition ?

CRISPIN.

Lever un droit qu'il s'est acquis sur les gens de province par sa maniere de joüer.

VALERE.

Tu viens donc fort à propos, car je n'ai point d'argent ; & tu dois être en état de m'en prêter.

CRISPIN.

Non, Monsieur, Nous n'avons pas fait

une heureuse pêche. Le poisson a vû l'hameçon, il n'a point voulu mordre à l'appât.

VALERE.

Le bon fond de garçon que voila ! Ecoute Crispin, je veux bien te pardonner le passé ; j'ai besoin de ton industrie.

CRISPIN.

Quelle clemence !

VALERE.

Je suis dans un grand embaras.

CRISPIN.

Vos créanciers s'impatientent-ils ? ce gros Marchand à qui vous avez fait un billet de neuf cent francs pour trente pistoles d'étoffe qu'il vous a fourni, auroit-il obtenu Sentence contre vous ?

VALERE.

Non.

CRISPIN.

Ah j'entends. Cette genereuse Marquise qui alla même payer vôtre Tailleur qui vous avoit fait assigner à découvert que nous agissions de concert avec lui.

VALERE.

Ce n'est point cela, Crispin. Je suis devenu amoureux.

CRISPIN.

Oh oh! Et de qui par avanture?

VALERE.

D'Angelique fille unique de Monsieur Oronte.

CRISPIN.

Je la connois de vuë, peste la jolie figure! son pere si je ne me trompe, est un Bourgeois qui demeure en ce logis & qui est trés riche.

VALERE.

Oüi, il a trois grandes maisons dans les plus beaux quartiers de Paris.

CRISPIN.

L'adorable personne qu'Angelique!

VALERE.

De plus il passe pour avoir de l'argent comptant.

CRISPIN.

Je connois tout l'excés de vôtre amour. Mais où en êtes vous avec la petite fille? Elle sçait vos sentimens.

VALERE.

Depuis huit jours que j'ai un libre accez chez son pere, j'ai si bien fait qu'elle me voit d'un œil favorable, mais Lisette sa femme de chambre m'aprit hier une nouvelle qui me met au désespoir.

CRISPIN.

Eh que vous a-t-elle dit cette désesperante Lisette?

VALERE.

Que j'ai un rival, que Monsieur Oronte a donné sa parole à un jeune homme de Province qui doit incessamment arriver à Paris pour épouser Angelique.

CRISPIN.

Et qui est ce rival ?

VALERE.

C'est ce que je ne sçai point encore. On appella Lisette dans le tems qu'elle me disoit cette fâcheuse nouvelle, & je fus obligé de me retirer sans aprendre son nom.

CRISPIN.

Nous avons bien la mine de n'être pas si-tôt proprietaires des trois belles maisons de Monsieur Oronte.

VALERE.

Va trouver Lisette de ma part, parle-lui, aprés cela nous prendrons nos mesures.

CRISPIN.

Laissez-moi faire.

VALERE.

Je vais t'attendre au logis.

SCENE II.

CRISPIN *seul.*

QUE je suis las d'être valet! Ah Crispin, c'est ta faute, tu as toûjours donné dans la bagatelle, tu devrois presentement briller dans la Finance. Avec l'esprit que j'ai, morbleu, j'aurois déja fait plus d'une banqueroute.

SCENE III.

CRISPIN, LABRANCHE.

LABRANCHE.

N'Est-ce pas là Crispin?

CRISPIN.

Est-ce là Labranche que je vois?

LABRANCHE.

C'est Crispin, c'est lui-même.

CRISPIN.

C'est Labranche ou je meure ! l'heureuse rencontre ! que je t'embrasse mon cher, franchement ne te voyant plus paroître à Paris, je craignois que quelque Arrêt de la Cour ne t'en eût éloigné.

LABRANCHE.

Ma foi mon ami je l'ai échapé belle depuis que je ne t'ai vû. On m'a voulu donner de l'occupation sur mer ; j'ai pensé être du dernier détachement de la Tournelle.

CRISPIN.

Tudieu ! qu'avois tu donc fait ?

LABRANCHE.

Une nuit je m'avisai d'arrêter dans une ruë détournée un marchand étranger pour lui demander par curiosité des nouvelles de son païs. Comme il n'entendoit pas le françois, il crut que je lui demandois la bourse, il crie au voleur, le guet vient, on me prend pour un fripon, on me mene au Châtelet, j'y ai demeuré sept semaines.

CRISPIN.

Sept semaines !

LABRANCHE.

J'y aurois demeuré bien davantage sans la niece d'une revendeuse à la toilette.

CRISPIN.

Eſt-il vrai ?

LABRANCHE.

On étoit furieuſement prevenu contre moi ; mais cette bonne amie ſe donna tant de mouvement, qu'elle fit connoître mon innocence.

CRISPIN.

Il eſt bon d'avoir de puiſſans amis.

LABRANCHE.

Cette avanture m'a fait faire des reflexions.

CRISPIN.

Je le crois, tu n'es plus curieux de ſçavoir des nouvelles des païs étrangers.

LABRANCHE.

Non, ventrebleu, je me ſuis remis dans le ſervice. Et toi, Criſpin travaille-tu toûjours ?

CRISPIN.

Non, je ſuis comme toi un fripon honoraire, je ſuis rentré dans le ſervice auſſi ; mais je ſers un Maître ſans bien, ce qui ſuppoſe un valet ſans gages, je ne ſuis pas trop content de ma condition.

LABRANCHE.

Je le ſuis aſſez de la mienne, moi, je demeure à Chartres, j'y ſers un jeune homme appellé Damis ; c'est un aimable garçon, il aime le jeu, le vin, les femmes ; c'est un homme universel ; nous faisons ensemble toutes sortes de débauches ; cela m'amuse, cela me détourne de mal faire.

CRISPIN.

L'innocente vie !

LABRANCHE.

N'est-il pas vrai ?

CRISPIN.

Assurément. Mais dis-moi, Labranche, qu'es-tu venu faire à Paris ? où vas-tu ?

LABRANCHE.

Je vais dans cette maison.

CRISPIN.

Chez Monsieur Oronte ?

LABRANCHE.

Sa fille est promise à Damis.

CRISPIN.

Angelique promise à ton maître ?

LABRANCHE.

Monsieur Orgon Pere de Damis étoit à Paris il y a quinze jours, j'y étois avec lui; nous allâmes voir Monsieur Oronte, qui est de ses anciens amis, & ils arrêterent entre eux ce mariage.

CRISPIN.

C'est donc une affaire resoluë.

LABRANCHE.

Oüi le contrat est déja signé des deux peres & de madame Oronte, la dot qui est de vingt-mille écus en argent comptant est toute prête, on n'attend que l'arrivée de Damis pour terminer la chose.

CRISPIN.

Ah parbleu cela étant, Valere mon maître n'a donc qu'à chercher fortune ailleurs.

LABRANCHE.

Quoi ton maître ?

CRISPIN.

Il est amoureux de cette même Angelique; mais puisque Damis ...

LABRANCHE.

Oh Damis n'épousera point Angelique, il y a une petite difficulté.

CRISPIN.

Eh quelle ?

LABRANCHE.

Pendant que son Pere le marioit ici, il s'est marié à Chartres lui.

CRISPIN.

Comment donc ?

LABRANCHE.

Il aimoit une jeune personne avec qui il avoit fait les choses, de maniere qu'au retour du bon homme Orgon, il s'eſt fait en ſecret une aſſemblée de parens. La fille eſt de condition, Damis a été obligé de l'épouſer.

CRISPIN.

Oh cela change la theſe.

LABRANCHE.

J'ai trouvé les habits de nôce de mon maître tous faits, j'ai ordre de les emporter à Chartres, auſſi tôt que j'aurai vû Mr & Me Oronte, & retiré la parole de Mr Orgon.

CRISPIN.

Retirer la parole de Mr Orgon !

LABRANCHE.

C'eſt ce qui m'amene à Paris, ſans adieu Criſpin, nous nous reverrons.

CRISPIN.

Attend Labranche, attend mon enfant, il me vient une idée, dis-moi un peu, ton maître eſt-il connu de Mr Oronte ?

LABRANCHE.

Ils ne ſe ſont jamais vûs.

CRISPIN.

Ventrebleu ſi tu voulois, il y auroit un beau coup à faire ; mais aprés ton avanture du Châtelet, je crains que tu ne manques de courage.

LABRANCHE.

Non non, tu n'as qu'à dire, une tempête essuyée n'empêche point un bon matelot de se remettre en mer. Parle, de quoi s'agit-il ? est-ce que tu voudrois faire passer ton maître pour Damis ? & lui faire épouser...

CRISPIN.

Mon Maître ! fy donc, voilà un plaisant gueux pour une fille comme Angelique. Je lui destine un meilleure parti.

LABRANCHE.

Qui donc ?

CRISPIN.

Moi.

LABRANCHE.

Malpeste tu as raison, cela n'est pas mal imaginé au moins.

CRISPIN.

Je suis aussi amoureux d'elle.

LABRANCHE.

J'aprouve ton amour.

CRISPIN.

Je prendrai le nom de Damis.

LABRANCHE.

C'est bien dit.

CRISPIN.

J'épouserai Angelique.

LABRANCHE

LABRANCHE.

J'y consens.

CRISPIN.

Je toucherai la dot.

LABRANCHE.

Fort bien!

CRISPIN.

Et je disparoîtrai avant qu'on en vienne aux éclaircissemens.

LABRANCHE.

Expliquons-nous mieux sur cet article.

CRISPIN.

Pourquoi?

LABRANCHE.

Tu parles de disparoître avec la dot sans faire mention de moi. Il y a quelque chose à corriger dans ce plan là.

CRISPIN.

Oh nous disparoîtrons ensemble.

LABRANCHE.

A cette condition là, je te sers de croupier. Le coup, je l'avouë est un peu hardi; mais mon audace se reveille, & je sens que je suis né pour les grandes choses. Où irons nous cacher la dot?

CRISPIN.

Dans le fond de quelque Province éloignée.

LABRANCHE.

Je crois qu'elle ſera mieux hors du Royaume, qu'en dis-tu ?

CRISPIN.

C'eſt ce que nous verrons. Aprens-moi de quel caractere eſt Monſieur Oronte.

LABRANCHE.

C'eſt un Bourgeois fort ſimple, un petit genie.

CRISPIN.

Et Madame Oronte ?

LABRANCHE.

Une femme de vingt-cinq à ſoixante ans, une femme qui s'aime, & qui eſt d'un eſprit tellement incertain, qu'elle croit dans le même moment le pour & le contre.

CRISPIN.

Cela ſuffit, il faut à preſent emprunter des habits pour ...

LABRANCHE.

Tu peus te ſervir de ceux de mon maître. Oüi, juſtement tu es à peu prés de ſa taille.

CRISPIN.

Peſte ! il n'eſt pas mal fait.

LABRANCHE.

Je vois ſortir quelqu'un de chez Monſieur Oronte, allons dans mon auberge concerter l'execution de nôtre entreprise.

CRISPIN.

Il faut auparavant que je coure au logis parler à Valere, & que je l'engage par une fausse confidence à ne point venir de quelques jours chez Monsieur Oronte. Je t'aurai bien-tôt rejoint.

SCENE IV.

ANGELIQUE, LISETTE.

ANGELIQUE.

OUY, Lisette, depuis que Valere m'a découvert sa passion, un secret chagrin me dévore, & je sens que si j'épouse Damis, il m'en coûtera le repos de ma vie.

LISETTE.

Voilà un dangereux homme que ce Valere.

ANGELIQUE.

Que je suis malheureuse! entre dans ma situation, Lisette! que dois-je faire? conseille-moi, je t'en conjure.

LISETTE.

Quel conseil pouvez-vous attendre de moi ?

ANGELIQUE.

Celui que t'inspirera l'interêt que tu prens à ce qui me touche.

LISETTE.

On ne peut vous donner que deux sortes de conseils, l'un d'oublier Valere, & l'autre de vous roidir contre l'autorité paternelle. vous avez trop d'amour pour suivre le premier, j'ai la conscience trop délicate, pour vous donner le second, cela est embarassant comme vous voyez.

ANGELIQUE.

Ah! Lisette tu me désesperes,

LISETTE.

Attendez, il me semble pourtant que l'on peut concilier vôtre amour & ma conscience; oüi, allons trouver vôtre mere.

ANGELIQUE.

Que lui dire ?

LISETTE.

Avoüons lui tout, elle aime qu'on la flate, qu'on la caresse ; flatons-là, caressons-là ; dans le fonds elle a de l'amitié pour vous, & elle obligera peut-être Monsieur Oronte à retirer sa parole.

ANGELIQUE.

Tu as raison, Lisette, mais je crains...

LISETTE.

Quoi ?

ANGELIQUE.

Tu connois ma mere, son esprit a si peu de fermeté.

LISETTE.

Il est vrai qu'elle est toûjours du sentiment de celui qui lui parle le dernier, n'importe ne laissons pas de l'attirer dans nôtre parti. Mais je la vois, retirez-vous pour un moment, vous reviendrez quand je vous en ferai signe.

SCENE V.

Me ORONTE, LISETTE.

LISETTE *sans faire semblant de voir Me Oronte.*

IL faut convenir que Me Oronte est une des plus aimables femmes de Paris.

Me ORONTE.

Vous êtes flateuse, Lisette.

LISETTE.

Ah Madame, je ne vous voyois pas! Ces paroles que vous venez d'entendre, sont la suite d'un entretien que je viens d'avoir avec Mademoiselle Angelique au sujet de son mariage. Vous avez, lui disois-je, la plus judicieuse de toutes les meres, la plus raisonnable.

Me ORONTE.

Effectivement Lisette, je ne ressemble guere aux autres femmes. C'est toûjours la raison qui me détermine.

LISETTE.

Sans doute.

Me ORONTE.

Je n'ai ni entêtement ni caprice.

LISETTE.

Et avec cela vous êtes la meilleure mere du monde; je mets en fait que si vôtre fille avoit de la repugnance à épouser Damis, vous ne voudriez pas contraindre là dessus son inclination.

Me. ORONTE.

Moi la contraindre! moi gêner ma fille! à Dieu ne plaise que je fasse la moindre violence à ses sentimens. Dittes-moi, Lisette, auroit-elle de l'aversion pour Damis?

LISETTE.

Eh mais...

Me ORONTE.

Ne me cachez rien.

LISETTE.

Puisque vous voulez sçavoir les choses, Madame, je vous dirai qu'elle a de la répugnance pour ce mariage.

Me ORONTE.

Elle a peut-être une passion dans le cœur.

LISETTE.

Oh Madame c'est la regle; Quand une fille a de l'aversion pour un homme qu'on lui destinè pour mari, cela suppose toûjours qu'elle a de l'inclination pour un autre. Vous m'avez dit par exemple que vous haïssiez Monsieur Oronte la premiere fois qu'on vous le proposa, parce que vous aimiez un Officier qui mourut au siege de Candie.

Me ORONTE.

Il est vrai, & si ce pauvre garçon ne fut pas mort, je n'aurois jamais épousé Monsieur Oronte.

LISETTE.

Hé-bien Madame, Mademoiselle vôtre Fille est dans la même disposition où vous étiez avant le siege de Candie,

Me ORONTE.

Eh qui eſt donc le Cavalier qui a trouvé le ſecret de lui plaire ?

LISETTE.

C'eſt ce jeune Gentilhomme qui vient jouer chez vous depuis quelques jours.

Me ORONTE.

Qui ? Valere.

LISETTE.

Lui-même.

Me ORONTE.

A propos vous m'en faites ſouvenir, il nous regardoit hier Angelique & moi avec des yeux ſi paſſionnez ! Etes-vous bien aſſurée, Liſette, que c'eſt de ma fille qu'il eſt amoureux ?

LISETTE *fait ſigne à Angelique de s'aprocher.*

Oüi, Madame, il me l'a dit lui-même, & il m'a chargé de vous prier de ſa part de trouver bon qu'il vienne vous en faire la demande.

SCENE VI.

Me ORONTE, ANGELIQUE, LISETTE.

ANGELIQUE.

PArdonnez, Madame, si mes sentimens ne sont pas conformes aux vôtres, mais vous sçavez...

Me ORONTE.

Je sçai bien qu'une fille ne regle pas toûjours les mouvemens de son cœur sur les vuës de ses parens ; mais je suis tendre, je suis bonne, j'entre dans vos peines. En un mot j'agrée la recherche de Valere.

ANGELIQUE.

Je ne puis vous exprimer, Madame, tout le ressentiment que j'ai de vos bontez.

LISETTE.

Ce n'est pas assez, Madame ; Monsieur Oronte est un petit opiniâtre, si vous ne soûtenez pas avec vigueur...

Me ORONTE.

Oh ! n'ayez point d'inquietude la-dessus ; je prens Valere sous ma protection ; ma fille n'aura point d'autre époux que lui , c'est moi qui vous le dis ; mon mari vient, vous allez voir de quel ton je vais lui parler.

SCENE VII.

Me ORONTE, Mr ORONTE, ANGELIQUE, LISETTE.

Me ORONTE.

VOus venez fort à propos , Monsieur, j'ai à vous dire que je ne suis plus dans le dessein de marier ma fille avec Damis.

Mr ORONTE.

Ah ah ! peut-on sçavoir, Madame pourquoi vous avez changé de resolution.

Me ORONTE.

C'est qu'il se presente un meilleur parti pour Angelique. Valere la demande, il n'est pas à la verité si riche que Damis ; mais il est Gentilhomme , & en faveur e sa noblesse, nous devons lui passer son peu de bien.

LISETTE.

Bon.

Mr ORONTE.

J'estime Valere, & sans faire attention à son peu de bien, je lui donnerois trés-volontiers ma fille, si je le pouvois avec honneur, mais cela ne se peut pas, Madame.

Me ORONTE.

D'où vient Monsieur ?

Mr ORONTE.

D'où vient ? voulez-vous que nous manquions de parole à Monsieur Orgon nôtre ancien ami ? avez-vous quelque sujet de vous plaindre de lui ?

Me ORONTE.

Non.

LISETTE. *bas.*

Courage, ne mollissez point.

Mr ORONTE.

Pourquoi donc lui faire un pareil affront ? songez que le contrat est signé, que tous les preparatifs sont faits, & que nous n'attendons que Damis. La chose n'est-elle pas trop avançée pour s'en dedire ?

Me ORONTE.

Effectivement je n'avois pas fait toutes ces reflexions.

LISETTE. *bas.*

Adieu, la girouette va tourner.

Mr ORONTE.

Vous êtes trop raisonnable, Madame, pour vouloir vous opposer à ce mariage.

Me ORONTE.

Oh, je ne m'y oppose pas.

LISETTE.

Mort de ma vie, est ce là une femme, elle ne contredit point!

Me ORONTE.

Vous le voyez Lisette, j'ai fait ce que j'ai pû pour Valere.

LISETTE.

Oüi vraiement voilà un amant bien protegé.

SCENE

SCENE VIII.

Mr ORONTE, Me ORONTE, ANGELIQUE, LISETTE, LABRANCHE.

Mr ORONTE.

J'Aperçois le valet de Damis.

LABRANCHE.

Trés-humble serviteur à Mr & à Me Oronte, serviteur trés-humble à Mademoiselle Angelique, bonjour Lisette.

Mr ORONTE.

Hé bien, Labranche, quelle nouvelle?

LABRANCHE.

Monsieur Damis vôtre gendre & mon maître, vient d'arriver de Chartres. Il marche sur mes pas, j'ai pris les devants pour vous en avertir.

ANGELIQUE. *bas.*

O Ciel!

Mr ORONTE.

Je l'attendois avec impatience, mais pourquoi n'eſt-il pas venu tout droit chez moi? Dans les termes où nous en ſommes, doit-il faire ces façons-là?

LABRANCHE.

Oh, Monſieur, il ſçait trop bien vivre pour en uſer ſi familierement avec vous, c'eſt le garçon de France qui a les meilleures manieres; quoique je ſois ſon valet, je n'en puis dire que du bien.

Me ORONTE.

Eſt-il poli, eſt-il ſage?

LABRANCHE.

S'il eſt ſage! Madame? il a été élevé avec la plus brillante jeuneſſe de Paris, eu dieu! c'eſt une teſte bien ſenſée.

Mr ORONTE.

Et Monſieur Orgon n'eſt-il pas avec lui?

LABRANCHE.

Non, Monſieur, de vives atteintes de goutte l'ont empêché de ſe mettre en chemin.

Mr ORONTE.

Le pauvre bonhomme!

LABRANCHE.

Cela l'a pris ſubitement la veille de nôtre départ. Voici une lettre qu'il vous écrit.

Il donne une lettre à Mr Oronte.

Mr ORONTE *lit le dessus.*

A Mr. Mr Craquet, Medecin, dans la ruë du Sepulchre.

LABRANCHE. *reprenant la lettre.*

Ce n'est point cela Monsieur.

Mr ORONTE *riant.*

Voilà un Medecin qui loge dans le quartier de ses malades.

LABRANCHE *tire plusieurs lettres, & en lit les adresses.*

J'ai plusieurs lettres que je me suis chargé de rendre à leurs adresses. Voyons celle-ci... *il lit*.. à Monsieur Bredoüillet Avocat au Parlement ruë des mauvaises paroles. Ce n'est point encore cela, passons à l'autre... *il lit*.. à Monsieur Gourmandin, Chanoine de... oüais je ne trouverai point celle que je cherche... *il lit*.. à Monsieur Oronte. Ah voici la lettre de Monsieur Orgon.. *il la donne*... Il l'a écrite d'une main si tremblante, que vous n'en reconnoîtrez pas l'écriture.

Mr ORONTE.

En effet elle n'est pas reconnoissable.

LABRANCHE.

La goutte est un terrible mal. Le Ciel vous en veuille preserver, aussi bien que Madame Oronte, Mademoiselle Angelique,

Lisette, & toute la compagnie.

Mr ORONTE. *lit.*

Je me disposois à partir avec Damis ; mais la goutte m'en a empêché. Néanmoins comme ma presence n'est point absolument necessaire à Paris, je n'ai pas voulû que mon indisposition retardât un mariage qui fait ma plus chere envie, & toute la consolation de ma vieillesse. Je vous envoye mon fils, servez lui de Pere comme à vôtre fille. Je trouverai bon tout ce que vous ferez.

De Chartres,

Vôtre affectionné serviteur
ORGON.

Que je le plains !.. Mais qui est ce jeune homme qui s'avance ? ne seroit-ce point Damis ?

LABRANCHE.

C'est lui-même ; qu'en dittes vous, Madame ? n'a-t-il pas un air qui previent en sa faveur ?

SCENE IX.

Mr ORONTE, Me ORONTE. ANGELIQUE, LISETTE, LABRANCHE, CRISPIN.

Me ORONTE.

IL n'est pas mal fait vrayement.

CRISPIN.

Labranche.

LABRANCHE.

Monsieur.

CRISPIN.

Est-ce là Monsieur Oronte, mon illustre beau-pere ?

LABRANCHE.

Oüi, vous le voyez en propre original.

Mr. ORONTE.

Soyez le bien-venû, mon gendre, embrassez-moi.

CRISPIN *embraßant Mr Oronte.*

Ma joye est extréme de pouvoir vous

témoigner l'extrême joye que j'ai de vous embrasser. Voilà sans doute l'aimable enfant qui m'est destinée ?

Mr ORONTE.

Non, mon gendre, c'est ma femme ; voici ma fille Angelique.

CRISPIN.

Malpeste la jolie famille ! je ferois volontiers ma femme de l'une, & ma maîtresse de l'autre.

Me ORONTE.

Cela est trop galand. Il paroît avoir de l'esprit, Lisette.

LISETTE.

Et du goût même.

CRISPIN.

Quel air ! quelle grace ! quelle noble fierté ! ventrebleu, Madame, vous êtes toute adorable, mon pere me le disoit bien, tu verras Madame Oronte, c'est la beauté la plus piquante.

Me ORONTE.

Fy donc.

CRISPIN.

La plus désag... je voudrois, dit-il, qu'elle fut veuve, je l'aurois bien-tôt épousée.

Mr ORONTE. *riant.*

Je lui ſuis, parbleu, bien obligé.

Me ORONTE.

Je l'eſtime infiniment Monſieur vôtre Pere, que je ſuis fâchée qu'il n'ait pû venir avec vous!

CRISPIN.

Qu'il eſt mortifié de ne pouvoir être de la nôce! Il ſe promettoit bien de danſer la bourée avec Madame Oronte.

LABRANCHE.

Il vous prie d'achever promptement ce mariage: car il a une furieuſe impatience d'avoir ſa brû auprés de lui.

Mr ORONTE.

Hé mais toutes les conditions ſont arrêtées entre nous & ſignées; il ne reſte plus qu'à terminer la choſe, & compter la dot.

CRISPIN.

Compter la dot. Oüi c'eſt fort bien dit. Labranche. Permettez que je donne une commiſſion à mon valet. Va chez le Marquis ... *bas* ... va-t'en arrêter des chevaux pour cette nuit, tu m'entens... *haut* & tu lui diras que je lui baiſe les mains.

LABRANCHE. *ſortant.*

J'y vôle.

SCENE X.

Mr ORONTE, Me ORONTE, ANGELIQUE, LISETTE, CRISPIN.

Mr ORONTE.

REvenons à vôtre pere, je ſuis tres affligé de ſon indiſpoſition, mais ſatisfaites, je vous prie, ma curioſité. Dittes moi un peu des nouvelles de ſon procez.

CRISPIN. *d'un air inquiet.*

Labranche.

Mr ORONTE.

Vous êtes bien émû, qu'avez-vous ?

CRISPIN.

bas Maugrebleu de la queſtion ... *haut* .. j'ai oublié de charger Labranche ... *bas* il devoit bien me parler de ce procez-là.

Mr ORONTE.

Il reviendra. Hé bien ce procez a-t-il enfin été jugé ?

CRISPIN.

Oüi, Dieu merci, l'affaire en est faite.

Mr ORONTE.

Et vous l'avez gagné ?

CRISPIN.

Avec dépens.

Mr ORONTE.

J'en suis ravi, je vous assûre.

Me ORONTE.

Le Ciel en soit loué.

CRISPIN.

Mon pere avoit cette affaire à cœur ; il auroit donné tout son bien aux Juges, plûtôt que d'en avoir le démenti.

Mr ORONTE.

Ma foi cette affaire lui a bien coûté de l'argent, n'est-ce pas ?

CRISPIN.

Je vous en reponds ; mais la Justice est une si belle chose, qu'on ne sauroit trop l'achepter.

Mr ORONTE.

J'en conviens, mais outre cela ce procés lui a bien donné de la peine.

CRISPIN.

Oh ! cela n'est pas concevable ! il avoit affaire au plus grand chicaneur, au moins raisonnable de tous les hommes.

Mr ORONTE.

Qu'apellez vous de tous les hommes ? il m'a dit que ſa partie étoit une femme.

CRISPIN.

Oüi, ſa partie étoit une femme, d'accord, mais cette femme avoit dans ſes interêts un certain vieux Normand qui lui donnoit des conſeils, c'eſt cet homme-là qui a bien fait de la peine à mon pere . . . mais changeons de diſcours ; laiſſons-là les procés, je ne veux m'occuper que de mon mariage, & que du plaiſir de voir Madame Oronte.

Mr ORONTE.

Hé bien, allons mon gendre, entrons ; je vais ordonner les aprêts de vos nôces.

CRISPIN. *donnant la main à Madame Oronte.*

Madame ?

Me ORONTE.

Vous n'êtes pas à plaindre, ma fille, Damis a du merite.

SCENE XI.

ANGELIQUE, LISETTE.

ANGELIQUE.

HElas ! que vais-je devenir ?

LISETTE.

Vous allez devenir femme de Monsieur Damis, cela n'est pas difficile à deviner.

ANGELIQUE.

Ah ! Lisette, tu sçais mes sentimens, montre-toi sensible à mes peines.

LISETTE. *pleurant.*

La pauvre enfant !

ANGELIQUE.

Auras-tu la dureté de m'abandonner à mon sort ?

LISETTE.

Vous me fendez le cœur.

ANGELIQUE.

Lisette, ma chere Lisette !

LISETTE.

Ne m'en dittes pas davantage. Je suis si touchée, que je pourrois bien vous donner quelque mauvais conseil, & je vous vois si affligée, que vous ne manqueriez pas de le suivre.

SCENE XII.

ANGELIQUE, VALERE, LISETTE.

VALERE.

CRispin, m'a dit de ne point paroître ici de quelques jours, qu'il méditoit un stratagême ; mais il ne m'a point expliqué ce que c'est. Je ne puis vivre dans cette incertitude.

LISETTE.

Valere vient.

VALERE.

Je ne me trompe point; C'est elle-même, belle Angelique, de grace aprenez-moi vous même ma destinée? quel sera le fruit. . .

Mais

Mais quoi ! vous pleurez l'une & l'autre !

LISETTE.

Hé oüi, Monsieur, nous pleurons, nous nous déſeſperons. Vôtre rival eſt arrivé.

VALERE.

Qu'eſt-ce que jentends ?

LISETTE.

Et dés ce ſoir, il épouſera ma maîtreſſe.

VALERE.

Juſte Ciel !

LISETTE.

Si du moins aprés ſon mariage, elle demeuroit à Paris, paſſe encore ; vous pouriez quelquefois tous deux pleurer vos déplaiſirs ; mais pour comble de chagrin, il faudra que vous pleuriez tout ſeul.

VALERE.

J'en mourrai ; mais, Liſette, qui eſt donc cet heureux rival qui m'enleve ce que j'ai de plus cher au monde ?

LISETTE.

On le nomme Damis.

VALERE.

Damis !

LISETTE.

C'eſt un homme de Chartres.

VALERE.

Je connois tout ce païs-là, & je ne ſçache point qu'il y ait un autre Damis que le fils de Monsieur Orgon.

LISETTE.

Justement, c'est le fils de Monsieur Orgon qui est vôtre rival.

VALERE.

Ah si nous n'avons que ce Damis à craindre, nous devons nous rassurer.

ANGELIQUE.

Que dittes-vous Valere ?

VALERE.

Cessons de nous affliger charmante Angelique ; Damis depuis huit jours s'est marié à Chartres.

LISETTE.

Bon !

ANGELIQUE.

Vous vous mocquez Valere. Damis est ici qui s'aprête à recevoir ma main.

LISETTE.

Il est en ce moment au logis, avec Mr & Me Oronte.

VALERE.

Damis est de mes amis, & il n'y a pas huit jours qu'il m'a écrit, j'ai sa lettre chez moi.

ANGELIQUE.

Que vous mande-t-il ?

VALERE.

Qu'il s'eſt marié ſecretement à Chartres avec une fille de condition.

LISETTE.

Marié ſecretement! oh oh, aprofondiſſons un peu cette affaire, il me paroît qu'elle en vaut bien la peine. Allez, Monſieur, allez querir cette lettre & ne perdez point de tems.

VALERE.

Dans un moment je ſuis de retour.

LISETTE.

Et nous, ne négligeons point cette nouvelle, je ſuis fort trompée ſi nous n'en tirons pas quelque avantage. Elle nous ſervira du moins à faire ſuſpendre pour quelque tems vôtre mariage. Je vois venir Mr Oronte, pendant que je la lui apprendrai, courez en faire part à Madame vôtre mere.

SCENE XIII.

Mr ORONTE, LISETTE.

Mr ORONTE.

Valere vient de vous quitter, Lisette ?

LISETTE.

Oüi, Monsieur, il vient de nous dire une chose qui vous surprendra sur ma parole.

Mr ORONTE.

Hé quoi ?

LISETTE.

Par ma foi Damis est un plaisant homme, de vouloir avoir deux femmes, pendant que tant d'honnêtes gens sont si fâchez d'en avoir une !

Mr ORONTE.

Explique toi Lisette.

LISETTE.

Damis est marié, il a épousé secrettement une fille de Chartres, une fille de qualité.

Mr ORONTE.

Bon, cela se peut-il, Lisette ?

LISETTE.

Il n'y a rien de plus veritable, Monsieur, Damis l'a mandé lui-même à Valere qui est son ami.

Mr ORONTE.

Tu me contes une fable te dis-je.

LISETTE.

Non, Monsieur, je vous assure. Valere est allé querir la lettre, il ne tiendra qu'à vous de la voir.

Mr ORONTE.

Encore un coup je ne puis croire ce que tu dis.

LISETTE.

Hé Monsieur, pourquoi ne le croirez-vous pas ? les jeunes gens ne sont-ils pas aujourd'hui capables de tout ?

Mr ORONTE.

Il est vrai qu'ils sont plus corrompus qu'ils ne l'étoient de mon tems.

LISETTE.

Que sçavons-nous si Damis n'est point un de ces petits scelerats, qui ne se font point un scrupule de la pluralité des dots ? Cependant la personne qu'il a épousée étant de condition, ce mariage clandestin aura des ſuites qui ne ſeront pas fort agreables pour vous.

Mr ORONTE.

Ce que tu dis ne laiſſe pas de meriter qu'on y faſſe quelque attention.

LISETTE.

Comment quelque attention ? ſi j'étois à vôtre place, avant que de livrer ma fille, je voudrois du moins être éclairci de la choſe.

Mr ORONTE.

Tu as raiſon, je vois paroître le valet de Damis, il faut que je le ſonde finement. Retire toi, Liſette, & me laiſſe avec lui.

LISETTE. *en s'en allant.*

Si cette nouvelle pouvoit ſe confirmer.

SCENE XIV.

Mr ORONTE, LABRANCHE.

Mr ORONTE.

APproche Labranche, viens-ça, je te trouve une phisionomie d'honnête homme.

LABRANCHE.

Oh Monsieur, sans vanité, je suis encore plus honnête homme que ma phisionomie.

Mr ORONTE.

J'en suis bien aise. Ecoute, ton maître a la mine d'un verd galand.

LABRANCHE.

Tudieu, c'est un joli homme. Les femmes en sont folles. Il a un certain air libre qui les charme. Monsieur Orgon en le mariant assure le repos de trente familles pour le moins.

Mr ORONTE.

Cela étant, je ne m'étonne point qu'il

ait poussé à bout une fille de qualité.

LABRANCHE.

Que dittes-vous ?

Mr ORONTE.

Il faut, mon ami, que tu me confesses la verité, je sçai tout, je sçai que Damis est marié; qu'il a épousé une fille de Chartres.

LABRANCHE.

Ouf !

Mr ORONTE.

Tu te troubles, je vois qu'on m'a dit vrai, tu es un fripon.

LABRANCHE.

Moi, Monsieur ?

Mr ORONTE.

Ouï toi, pendart, je suis instruit de vôtre dessein, & je pretends te faire punir comme complice d'un projet si criminel.

LABRANCHE.

Quel projet, Monsieur ! que je meure si je comprens...

Mr ORONTE.

Tu feins d'ignorer ce que je veux dire, traître, mais si tu ne me fais tout à l'heure un aveu sincere de toutes choses, je vais te mettre entre les mains de la Justice.

LABRANCHE.

Faites tout ce qu'il vous plaira, Mr,

je n'ai rien à vous avoüer. J'ai beau donner la torture à mon esprit, je ne devine point le sujet de plaintes que vous pouvez avoir contre moi.

Mr ORONTE.

Tu ne veux donc pas parler. Hòlà quelqu'un, qu'on me fasse venir un Commissaire.

LABRANCHE.

Attendez, Monsieur, point de bruit. Tout innocent que je suis, vous le prenez sur un ton qui ne laisse pas d'embarasser mon innocence. Allons, éclaircissons nous tout deux de sang froid, ça, qui vous a dit que mon maître étoit marié ?

Mr ORONTE.

Qui ? il l'a mandé lui même à un de ses amis, à Valere.

LABRANCHE.

A Valere, dittes vous ?

Mr ORONTE.

A Valere, oüi ! que répondras-tu à cela ?

LABRANCHE. *riant.*

Rien, parbleu, le trait est excellent ! ah ah Mr Valere, vous ne vous y prenez pas mal ma foi !

Mr ORONTE.

Comment, qu'est-ce que cela signifie ?

LABRANCHE. *riant.*

On nous l'avoit bien dit, qu'il nous regaleroit tôt ou tard d'un plat de sa façon. Il n'y a pas manqué comme vous voyez.

Mr. ORONTE.

Je ne vois point cela.

LABRANCHE.

Vous l'allez voir, vous l'allez voir. Premierement ce Valere aime Mademoiselle vôtre fille, je vous en avertis.

Mr ORONTE.

Je le sçai bien.

LABRANCHE.

Lisette est dans ses interêts. Elle entre dans toutes les mesures qu'il prend, pour faire réussir sa recherche. Je vais parier que c'est-elle qui vous aura debité ce mensonge-là.

Mr ORONTE.

Il est vrai.

LABRANCHE.

Dans l'embaras où l'arrivée de mon Maître les a jettez tous deux, qu'ont-ils fait ? ils ont fait courir le bruit que Damis étoit marié. Valere même montre une lettre supposée qu'il dit avoir reçuë de mon Maître, & tout cela vous m'entendez bien, pour ſuſpendre le mariage d'Angelique.

Mr ORONTE. *bas*

Ce qu'il dit eſt aſſez vrai-ſemblable.

LABRANCHE.

Et pendant que vous aprofondirez ce faux bruit, Liſette gagnera l'eſprit de ſa Maîtreſſe, & lui fera faire quelque mauvais pas, aprés quoi vous ne pourez plus la refuſer à Valere.

Mr ORONTE. *bas.*

Hon hon, ce raiſonnement eſt aſſez raiſonnable.

LABRANCHE.

Mais ma foi les trompeurs ſeront trompez. Monſieur Oronte eſt homme d'eſprit, homme de tête, ce n'eſt point à lui qu'il faut ſe joüer.

Mr ORONTE.

Non parbleu.

LABRANCHE.

Vous ſçavez toutes les rubriques du monde, toutes les ruſes qu'un amant met en uſage pour ſupplanter ſon rival.

Mr ORONTE.

Je t'en répons. Je vois bien que ton Maître n'eſt point marié. Admirez un peu la fourberie de Valere ; il aſſure qu'il eſt intime ami de Damis, & je vais parier qu'ils ne se connoissent seulement pas.

LABRANCHE.

Sans doute. Malpeste, Monsieur, que vous êtes penetrant ! comment, rien ne vous échappe.

Mr ORONTE.

Je ne me trompe gueres dans mes conjectures. J'aperçois ton Maître ; je veux rire avec lui de son prétendû mariage, ah ah ah ah.

LABRANCHE.

hé hé hé hé hé hé hé.

SCENE XV.

Mr ORONTE, LABRANCHE, CRISPIN.

Mr ORONTE. *riant.*

VOus ne sçavez pas mon gendre, ce que l'on dit de vous ? que cela est plaisant ! on m'est venû donner avis, mais avis comme d'une chose assurée que vous êtiez marié ? vous avez, dit-on, épousé secretement

ment une fille de Chartres. Ah ah ah ah, est-ce que vous ne trouvez pas cela plaisant ?

LABRANCHE. *riant, & faisant des signes à Crispin.*

Hé hé hé hé, il n'y a rien de si plaisant.

CRISPIN.

Ho ho ho ho, cela est tout à fait plaisant.

Mr ORONTE.

Un autre j'en suis seur, seroit assez sot pour donner la dedans ; mais moi, serviteur.

LABRANCHE.

Oh diable, Monsieur Oronte est un des plus gros genies !

CRISPIN.

Je voudrois sçavoir qui peut être l'auteur d'un bruit si ridicule.

LABRANCHE.

Monsieur dit que c'est un gentilhomme appellé Valere.

CRISPIN *faisant l'étonné.*

Valere! qui est cet homme là ?

LABRANCHE.

à Monsieur Oronte. Vous voyez bien, Monsieur, qu'il ne le connoît pas... *à Crispin*... Hé là c'est ce jeune homme que tu sçais... que vous sçavez dis-je... qui est vôtre rival, à ce qu'on nous a dit.

CRISPIN.

Ah oüi oüi, je m'en souviens ; à telles enseignes qu'on nous a dit qu'il a peu de bien, & qu'il doit beaucoup ; mais qu'il couche en jouë la fille de Monsieur Oronte ; & que ses créanciers font des vœux trés ardens pour la prosperité de ce mariage.

Mr ORONTE.

Ils n'ont qu'à s'y attendre, vraiement, ils n'ont qu'à s'y attendre.

LABRANCHE.

Il n'est pas sot ce Valere, il n'est parbleu pas sot.

Mr ORONTE

Je ne suis pas bête non plus, je ne suis palsembleu pas bête ; & pour le lui faire voir, je vais de ce pas chez mon Notaire ; ou plûtôt Damis, j'ai une proposition à vous faire. Je suis convenu, je l'avouë, avec Monsieur Orgon de vous donner vingt mille écus en argent comptant ; mais voulez vous prendre pour cette somme, ma maison du Fauxbourg Saint Germain, elle m'a coûté plus de quatre-vingt mille francs à bâtir.

CRISPIN.

Je suis homme à tout prendre ; mais entre nous, j'aimerois mieux de l'argent comptant.

LABRANCHE.

L'argent comme vous sçavez, est plus portatif.

Mr ORONTE.

Assurément.

CRISPIN.

Oüi cela se met mieux dans une valise. C'est qu'il se vend une terre auprés de Chartres, je voudrois bien l'achepter.

LABRANCHE.

Ah Monsieur la belle acquisition ! si vous aviez vû cette terre-là, vous en seriez charmé.

CRISPIN.

Je l'aurai pour vingt-cinq mille écus, & je suis assuré qu'elle en vaut bien soixante mille.

LABRANCHE.

Du moins, Monsieur, du moins. Comment sans parler du reste, il y a deux étangs où l'on pêche chaque année pour deux mille francs de goujon.

Mr ORONTE.

Il ne faut pas laisser échapper une si belle occasion. Ecoutez, j'ai chez mon Notaire cinquante mille écus que je reservois pour achepter le Château d'un certain Financier qui va bien-tôt disparoître, je veux vous en donner la moitié.

CRISPIN *embrassant Mr Oronte.*

Ah quelle bonté, Monsieur Oronte ! Je n'en perdrai jamais la memoire ; une éternelle reconnoissance... mon cœur... enfin j'en suis tout penetré.

LABRANCHE.

Monsieur Oronte est le Phœnix des beaux peres.

Mr ORONTE.

Je vais vous querir cet argent ; mais je rentre auparavant pour donner cet avis à ma femme.

CRISPIN.

Les créanciers de Valere vont se pendre.

Mr ORONTE.

Qu'ils se pendent ! je veux que dans une heure vous épousiez ma fille.

CRISPIN.

Ah ah ah que cela sera plaisant !

LABRANCHE.

Oüi oüi, c'est cela qui sera tout à fait drôle.

SCENE XVI.

CRISPIN, LABRANCHE.

CRISPIN.

IL faut que mon Maître ait eû un éclaircissement avec Angelique ; & qu'il connoisse Damis.

LABRANCHE.

Ils se connoissent si bien, qu'ils s'écrivent comme tu vois ; mais graces à mes soins, Monsieur Oronte est prévenu contre Valere, & j'espere que nous aurons la dot en croupe, avant qu'il soit desabusé.

CRISPIN.

O Ciel !

LABRANCHE.

Qu'as tu Crispin ?

CRISPIN.

Mon Maître vient ici.

LABRANCHE.

Le fâcheux contre-temps !

SCENE XVII.

VALERE, CRISPIN, LABRANCHE.

VALERE.

JE puis avec cette lettre entrer chez Monſieur Oronte ; mais je vois un jeune homme, ſeroit-ce Damis ? Abordons le ; il faut que je m'éclairciſſe... Juſte Ciel c'eſt Criſpin !

CRISPIN.

C'eſt moi-même. Que diable venez-vous faire ici ? ne vous ai-je pas défendu d'aprocher de la maiſon de Monſieur Oronte ? vous allez détruire tout ce que mon induſtrie a fait pour vous.

VALERE.

Il n'eſt pas neceſſaire d'employer aucun ſtratagême pour moi, mon cher Criſpin.

CRISPIN.

Pourquoi ?

VALERE.

Je ſçai le nom de mon rival, Il s'appelle Damis; je n'ai rien à craindre, il eſt marié.

CRISPIN.

Damis marié; tenez, Monſieur, voila ſon valet que j'ai mis dans vos interêts. Il va vous dire de ſes nouvelles.

VALERE.

ſeroit-il poſſible que Damis ne m'eut pas mandé une choſe veritable ? à quel propos m'avoir écrit dans ces termes...

Il lit la lettre de Damis.

De Chartres.

Vous ſçaurez cher ami que je me ſuis marié en cette Ville ces jours paſſez. J'ai épouſé ſecretement une fille de condition. J'irai bien-tôt à Paris, où je pretend vous faire de vive voix tout le détail de ce mariage.

DAMIS.

LABRANCHE.

Ah, Monſieur, je ſuis au fait. Dans le tems que mon Maître vous a écrit cette lettre, il avoit effectivement ébauché un mariage ; Mais Monsieur Orgon au lieu d'approuver l'ébauche, a donné une grosse somme au pere de la fille, & a par ce moyen assoupi la chose.

VALERE.

Damis n'est donc point marié.

LABRANCHE.

Bon !

CRISPIN.

Eh non !

VALERE.

Ah mes enfans j'implore vôtre secours. Quelle entreprise a tu formée, Crispin ? Tu n'as pas voulu tantôt m'en instruire. Ne me laisse pas plus long-temps dans l'incertitude. Pourquoi ce déguisement ? que prétends-tu faire en ma faveur ?

CRISPIN.

Vôtre rival n'est point encore à Paris. Il n'y sera que dans deux jours. Je veux avant ce temps-là dégouter Monsieur & Madame Oronte de son alliance.

VALERE.

De quelle maniere ?

CRISPIN.

En passant pour Damis. J'ai déja fait beaucoup d'extravagances, je tiens des discours insensez, je fais des actions ridicules qui revoltent à tout moment contre moi le pere & la mere d'Angelique. vous connoissez le caractere de Madame Oronte, elle aime les loüanges ; je lui dis des duretez qu'un Petit-Maître n'oseroit dire à une femme de Robe.

VALERE.

Hé bien.

CRISPIN.

Hé bien, je ferai & dirai tant de sottises, qu'avant la fin du jour je pretends qu'ils me chassent, & qu'ils prennent la resolution de vous donner Angelique.

VALERE.

Et Lisette entre-t-elle dans ce stratagême?

CRISPIN.

Oüi Mr elle agit de concert avec nous.

VALERE.

Ah Crispin que ne te dois-je pas?

CRISPIN.

Demandez pour plaisir à ce garçon-là si je jouë bien mon rôle.

LABRANCHE.

Ah Monsieur, que vous avez là un domestique adroit. C'est le plus grand fourbe de Paris, il m'arrache cet éloge. Je ne le seconde pas mal à la verité, & si nôtre entreprise réussit, vous ne m'aurez pas moins d'obligation qu'à lui.

VALERE.

Vous pouvez tous deux compter sur ma reconnoissance ; je vous promets.

CRISPIN.

Eh Monsieur laissez-là les promesses, songez que si l'on vous voyoit avec nous, tout seroit perdu. Retirez vous & ne paroissez point ici d'aujourd'hui.

VALERE.

Je me retire donc. Adieu mes amis ; je me repose sur vos soins.

LABRANCHE.

Ayez l'esprit tranquile, Monsieur, éloignez vous vîte, abandonnez nous vôtre fortune.

VALERE.

Souvenez vous que mon sort . . .

CRISPIN.

Que de discours !

VALERE.

Dépend de vous.

CRISPIN *le repoussant.*

Allez-vous-en, vous disje.

SCENE XVIII.

CRISPIN, LABRANCHE.

CRISPIN.

ENfin il eſt parti.

CRISPIN.

Je reſpire.

LABRANCHE.

Nous avons eu une alarme auſſi chaude! Je mourois de peur que Monſieur Oronte ne nous ſurprît avec ton Maître.

CRISPIN.

C'eſt ce que je craignois auſſi ; mais comme nous n'avions que cela à craindre, nous ſommes aſſurez du ſuccez de nôtre projet. Nous pouvons à preſent choiſir la route que nous avons à prendre. As-tu arrêté des chevaux pour cette nuit ?

LABRANCHE *regardant de loin.*

Oüi.

CRISPIN.

Bon. Je ſuis d'avis que nous prenions

le chemin de Flandres.

LABRANCHE *regardant toûjours.*

Le chemin de Flandres ; oüi, c'est fort bien raisonné. J'opine aussi pour le chemin de Flandres.

CRISPIN.

Que regarde-tu donc avec tant d'attention ?

LABRANCHE.

Je regarde... oüi... non... ventrebleu seroit-ce lui ?

CRISPIN

Qui lui ?

LABRANCHE

Helas, voilà toute sa figure !

CRISPIN.

La figure de qui ?

LABRANCHE.

Crispin, mon pauvre Crispin, c'est Monsieur Orgon.

CRISPIN.

Le pere de Damis ?

LABRANCHE.

Lui-même.

CRISPIN.

Le maudit vieillard !

LABRANCHE.

Je crois que tous les diables sont dechaînez contre la dot.

CRISPIN.

CRISPIN.

Il vient ici, il va entrer chez Monsieur Oronte, & tout va se découvrir.

LABRANCHE.

C'est ce qu'il faut empêcher s'il est possible. Va m'attendre à l'auberge ; ce que je crains le plus, c'est que Monsieur Oronte ne sorte pendant que je lui parlerai.

SCENE XIX.

Mr ORGON, LABRANCHE.

Mr ORGON. *à part.*

JE ne sçai quel acüeil je vais recevoir de Monsieur & de Madame Oronte.

LABRANCHE.

bas... Vous n'êtes pas encore chez eux... *haut*... Serviteur à Monsieur Orgon.

Mr ORGON.

Ah je ne te voyois pas Labranche!

LABRANCHE.

Comment Monsieur, c'est donc ainsi

que vous ſurprenez les gens. Qui vous croyoit à Paris ?

Mr ORGON.

Je ſuis parti de Chartres peu de temps aprés toi, parce que j'ai fait reflexion qu'il valoit mieux que je parlaſſe moi-même à Monſieur Oronte, & qu'il n'étoit pas honnête de retirer ma parole par le miniſtere d'un valet.

LABRANCHE.

Vous êtes délicat ſur les bienſéances à ce que je vois. Si bien donc que vous allez trouver Monſieur & Madame Oronte ?

Mr ORGON.

C'eſt mon deſſein.

LABRANCHE.

Rendez graces au Ciel de me rencontrer ici à propos pour vous en empêcher.

Mr ORGON.

Comment ? les as-tu déja vû toi Labranche.

LABRANCHE.

Hé oüi, morbleu, je les ai vûs, je ſors de chez eux. Madame Oronte eſt dans une colere horrible contre vous.

Mr ORGON.

Contre moi !

LABRANCHE.

Contre vous. Hé quoi, a-t-elle dit, Mr Orgon nous manque de parole, qui l'auroit crû? Ma fille désormais ne doit plus esperer d'établissement.

Mr ORGON.

Quel tort cela peut-il faire à sa fille?

LABRANCHE.

C'est ce que je lui ai répondu. Mais comment voulez-vous qu'une femme en colere entende raison, c'est tout ce qu'elle peut faire de sens froid. Elle a fait là-dessus des raisonnemens bourgeois: On ne croira point dans le monde, a-t-elle dit, que Damis ait été obligé d'épouser une fille de Chartres; on dira plûtôt que Monsieur Orgon a aprofondi nos biens, & que ne les ayant pas trouvé solides, il a retiré sa parole.

Mr ORGON.

Fy donc, peut-elle s'imaginer qu'on dira cela?

LABRANCHE.

Vous ne sçauriez croire jusqu'à quel point la fureur s'est emparé de ses sens. Elle a les yeux dans la tête; elle ne connoît personne; elle m'a pris à la gorge, & j'ai eû toutes les peines du monde à me tirer de ses griffes.

Mr ORGON.

Et Monsieur Oronte ?

LABRANCHE.

Oh pour Monsieur Oronte, je l'ai trouvé plus moderé, lui ; il m'a seulement donné deux soufflets.

Mr ORGON.

Tu m'étonnes Labranche, peuvent-ils être capables d'un pareil emportement ? & doivent-ils trouver mauvais que j'aye consenti au mariage de mon fils ? ne leur en as-tu pas expliqué toutes les circonstances ?

LABRANCHE.

Pardonnez-moi, je leur ai dit que Mr vôtre fils ayant commencé par où l'on finit d'ordinaire, la famille de vôtre brû se préparoit à vous faire un procez que vous avez sagement prévenu en unissant les parties.

Mr ORGON.

Ils ne se sont pas rendûs à cette raison ?

LABRANCHE.

Bon rendus ! ils sont bien en état de se rendre. Si vous m'en croyez, Monsieur, vous retournerez à Chartres tout à l'heure.

Mr ORGON. *veut entrer chez Monsieur Oronte.*

Non Labranche, je veux les voir, & leur representer si bien les choses, que . . .

LABRANCHE. *le retenant.*

Vous n'entrerez pas, Monſieur, je vous aſſure, je ne ſouffrirai point que vous alliez vous faire déviſager. Si vous leur voulez parler abſolument, laiſſez paſſer leurs premiers tranſports.

Mr ORGON.

Cela eſt de bon ſens.

LABRANCHE.

Remettez vôtre viſite à demain. Ils ſeront plus diſpoſez à vous recevoir.

Mr ORGON.

Tu as raiſon; ils ſeront dans une ſituation moins violente. Allons, je veux ſuivre ton conſeil.

LABRANCHE.

Cependant, Monſieur, vous ferez ce qu'il vous plaira, vous êtes le Maître.

Mr ORGON.

Non non, viens Labranche, je les verrai demain.

SCENE XX.

LABRANCHE. *seul.*

JE marche ſur vos pas, ou plûtôt je vais trouver Criſpin. Nous voila pour le coup au deſſus de toutes les difficultez. Il ne me reſte plus qu'un petit ſcrupule au ſujet de la dot. Il me fâche de la partager avec un aſſocié ; car enfin, Angelique ne pouvant être à mon Maître, il me ſemble que la dot m'apartient de droit tout entiere. Comment tromperai-je Criſpin? Il faut que je lui conſeille de paſſer la nuit avec Angelique. Ce ſera ſa femme une fois. Il l'aime, & il eſt homme à ſuivre ce conſeil. Pendant qu'il s'amuſera à la bagatelle, je demenagerai avec le ſolide. Mais, non. Rejettons cette penſée, Ne nous broüillons point avec un homme qui en ſçait auſſi long que moi. Il pourroit bien quelque jour avoir ſa revanche. D'ailleurs, ce ſeroit aller contre nos loix. Nous autres gens d'intrigue, nous nous gardons les uns aux autres une fidelité plus exacte que les honnêtes gens. Voici Monsieur Oronte qui sort de chez lui pour aller chez son Notaire; quel bonheur d'avoir éloigné d'ici Monsieur Orgon.!

SCENE XXI.

Mr ORONTE, LISETTE.

LISETTE.

JE vous le dis encore, Monsieur, Valere est honnête homme, & vous devez aprofondir...

Mr ORONTE.

Tout n'est que trop aprofondi Lisette; Je sçai que vous êtes dans les interêts de Valere; & je suis fâché que vous n'ayez pas inventé ensemble un meilleur expedient pour m'obliger a differer le mariage de Damis.

LISETTE.

Quoi Monsieur, vous vous imaginez...

Mr ORONTE.

Non, Lisette, je ne m'imagine rien. Je suis facile à tromper. Moi! Je suis le plus pauvre genie du monde. Allez, Lisette, dittes à Valere qu'il ne sera jamais mon gendre. C'est de quoi il peut assurer Messieurs ses créanciers.

SCENE XXII.

LISETTE. *seul.*

OUais, que signifie tout ceci? il y a quelque chose là-dedans qui passe ma penetration.

SCENE XXIII.

VALERE, LISETTE.

VALERE. *à part.*

QUoique m'ait dit, Crispin, je ne puis attendre tranquillement le succez de ſon artifice. Aprés tout, je ne ſçai pourquoi il ma recommandé avec tant de ſoin de ne point paroître ici ; car enfin au lieu de détruire ſon ſtratagéme, je pourrois l'appuyer.

LISETTE.

Ah Monſieur !

VALERE.

Hé bien Liſette ?

LISETTE.

Vous avez tardé bien long-tems, où eſt la lettre de Damis ?

VALERE.

La voici, mais elle nous ſera inutile. Dis-moi plûtôt, Liſette, comment va le ſtratagême.

LISETTE.

Quel ſtratagême ?

VALERE.

Celui que Criſpin a imaginé pour mon amour.

LISETTE.

Criſpin, qu'eſt-ce que c'eſt que ce Criſpin ?

VALERE.

Hé parbleu, c'eſt mon valet !

LISETTE.

Je ne le connois pas.

VALERE.

C'est pousser trop loin la dissimulation, Lisette; Crispin m'a dit que vous étiez tous deux d'intelligence.

LISETTE.

Je ne sçai ce que vous voulez dire, Monsieur.

VALERE.

Ah c'en est trop; je perds patience, je suis au désespoir.

SCENE XXIV.

Me ORONTE, ANGELIQUE, VALERE, LISETTE.

Me ORONTE.

JE suis bien aise de vous trouver Valere, pour vous faire des reproches. Un galand homme doit-il supposer des lettres ?

LISETTE.

Supposer moi, Madame ! qui peut m'avoir rendu ce mauvais office auprés de vous?

LISETTE.

Hé Madame, Mr Valere n'a rien supposé. Il y a de la manigance en cette affaire... mais voici Monsieur Oronte qui revient; Monsieur Orgon est avec lui. Nous allons tout découvrir.

SCENE XXV.

Mr ORONTE, Mr ORGON, VALERE, Me ORONTE, ANGELIQUE, LISETTE.

Mr ORONTE.

IL y a de la friponerie la dedans, Monsieur Orgon.

Mr ORGON.

C'est ce qu'il faut éclaircir Mr Oronte.

Mr ORONTE.

Madame, je viens de renconter Monsieur Orgon en allant chez mon Notaire; il vient, dit-il, à Paris pour retirer sa parole, Damis est effectivement marié.

ANGELIQUE. *bas.*

Qu'est-ce que j'entends ?

Mr ORGON.

Il est vrai, Madame, & quand vous sçaurez toutes les circonstances de ce mariage, vous excuserez.

Mr ORONTE.

Monsieur Orgon n'a pû se dispenser d'y consentir ; mais ce que je ne comprens pas, c'est qu'il assure que son fils est actuellement à Chartres.

Mr ORGON.

Sans doute.

Me ORONTE.

Cependant, il ya ici un jeune homme qui se dit vôtre fils.

Mr ORGON.

C'est un imposteur.

Mr ORONTE.

Et Labranche ce même valet qui étoit ici avec vous il y a quinze jours, l'appelle son Maître.

Mr ORGON.

Labranche, dittes vous ? ah le pendart! je ne m'étonne plus s'il m'a tout à l'heure empêché d'entrer chez vous. Il m'a dit que vous étiez tous deux dans une colere épouvantable contre moi, & que vous l'aviez maltraité lui.

Me ORONTE.

Le menteur !

LISETTE. *bas.*

Je vois l'encloüeure, ou peu s'en faut.

VALERE. *bas.*

Mon traître se seroit-il joüé de moi !

Mr ORONTE.

Nous allons approfondir cela, car les voici tous deux.

SCENE XXVI & derniere.

Mr ORONTE, Me ORONTE, Mr ORGON, VALERE, ANGELIQUE, LISETTE. CRISPIN, LABRANCHE.

CRISPIN.

HE bien Monsieur Oronte, tout est-il prêt ? nôtre mariage .. ouf ! qu'est-ce que jevois ?

LABRANCHE.

Ahi nous sommes découverts, sauvons nous.

Ils veulent se retirer, mais Valere court à eux, & les arrête.

VALERE.

Oh vous ne nous échaperez pas, Messieurs les marauds, & vous serez traittez comme vous le meritez.

Valere met la main sur l'épaule de Crispin. Mr Oronte & Mr Orgon se saisissent de Labranche.

Mr ORONTE.

Ah ah ! nous vous tenons fourbes.

Mr ORGON *à Labranche.*

Dis-nous méchant ? qui est cet autre fripon que tu fais passer pour Damis ?

VALERE.

C'est mon valet.

Me ORONTE.

Un valet, juste Ciel un valet !

VALERE.

Un perfide qui me fait accroire qu'il est dans mes interêts, pendant qu'il employe pour me tromper le plus noir de tous les artifices.

CRISPIN.

Doucement, Monsieur, doucement ne jugeons point sur les apparences.

Mr ORGON. *à Labranche.*

Et toi Coquin, voilà donc comme tu fais les commissions que je te donne.

LABRANCHE.

Allons, Monsieur, allons bride en main, s'il vous plaît, ne condamnons point les gens sans les entendre.

Mr ORGON.

Quoi tu voudrois soûtenir que tu n'es pas un maître fripon ?

LABRANCHE. *d'un ton pleureur.*

Je suis un fripon, fort bien. Voyez les douceurs qu'on s'attire en servant avec affection.

VALERE. *à Crispin.*

Tu ne demeureras pas d'accord non plus toy, que tu es un fourbe, un scelerat?

CRISPIN. *d'un ton emporté.*

Scelerat, fourbe, que diable, Monsieur, vous me prodiguez des epithetes qui ne me conviennent point du tout.

VALERE.

Nous aurons encore tort de soupçoner vôtre fidelité, traitres !

Mr ORONTE.

Que direz-vous pour vous justifier, miserables ?

LABRANCHE.

Tenez, voilà Crispin qui va vous tirer d'erreur.

CRISPIN.

Labranche vous expliquera la chose en deux mots.

LABRANCHE.

Parle, Crispin, fais leur voir nôtre innocence.

CRISPIN.

Parle toi-même, Labranche, tu les auras bien-tôt desabusé.

LABRANCHE.

Non non, tu débroüilleras mieux le fait.

CRISPIN.

Hébien, Messieurs, je vais vous dire la chose tout naturellement. J'ai pris le nom de Damis, pour dégouter par mon air ridicule Monsieur & Madame Oronte de l'alliance de Monsieur Orgon, & les mettre par là dans une disposition favorable pour mon Maître ; mais au lieu de les rebuter par mes manieres impertinentes, j'ai eu le malheur de leur plaire, ce n'est pas ma faute une fois.

Mr ORONTE.

Cependant si on t'avoit laissé faire, tu aurois poussé la feinte jusqu'à épouser ma fille.

CRISPIN.

Non, Monsieur, demandez à Labranche, nous venions ici vous découvrir tout.

VALERE.

Vous ne sçauriez donner à vôtre perfidie des couleurs qui puissent nous éblouïr; puisque Damis est marié, il étoit inutile que Crispin fit le personnage qu'il a fait.

CRISPIN.

Hé bien, Messieurs, puisque vous ne voulez pas nous absoudre comme innocens, faites nous donc graces comme à des coupables. Nous implorons vôtre bonté.

Il se met à genoux devant Mr Oronte.

LABRANCHE *se mettant aussi à genoux.*

Oui, nous avons recours à vôtre clemence.

CRISPIN.

Franchement la dot nous a tentez. Nous sommes accoûtumez à faire des fourberies, pardonnez-nous celle-ci à cause de l'habitude.

Mr ORONTE.

Non non, vôtre audace ne demeurera

point impunie.

LABRANCHE.

Eh Monsieur laissez-vous toucher, nous vous en conjurons par les beaux yeux de Madame Oronte.

CRISPIN.

Par la tendresse que vous devez avoir pour une femme si charmante.

Me ORONTE.

Ces pauvres garçons me font pitié, je demande grace pour eux.

LISETTE. *bas.*

Les habiles fripons que voilà.

Mr ORGON.

Vous êtes bien heureux, pendarts, que Madame Oronte intercede pour vous.

Mr ORONTE.

J'avois grande envie de vous fairepunir, mais puisque ma femme le veut, oublions le passé; aussi bien je donne aujourd'hui ma fille à Valere, il ne faut songer qu'à se rejoüir... *aux valets*... on vous pardonne donc; & même si vous voulez me promettre que vous vous corrigerez, je serai encore assez bon pour me charger de vôtre fortune.

CRISPIN. *se relevant.*

Oh, Mr, nous vous le promettons.

LABRANCHE. *se relevant.*

Oüi Monsieur, nous sommes si mortifiez de n'avoir pas réussi dans nôtre entreprise, que nous renonçons à toutes les fourberies.

Mr ORONTE.

Vous avez de l'esprit, mais il en faut faire un meilleur usage, & pour vous rendre honnêtes gens, je veux vous mettre tous deux dans les affaires. J'obtiendrai pour toi Labranche une bonne commission.

LABRANCHE.

Je vous réponds, Monsieur, de ma bonne volonté.

Mr ORONTE.

Et pour le valet de mon gendre, je lui ferai épouser la fillole d'un sous-fermier de mes amis.

CRISPIN.

Je tâcherai, Monsieur, de meriter par ma complaisance toutes les bontez du parrain.

Mr ORONTE.

Ne demeurons pas ici plus long-tems. Entrons, j'espere que Monsieur Orgon voudra bien honorer de sa presence les nôces de ma fille.

Mr ORGON.

J'y veux danser avec Madame Oronte.

Mr Orgon donne la main à Me Oronte, & Valere à Angelique.

FIN.

APPROBATION.

J'AY lû par ordre de Monseigneur le Chancelier, la Comedie de *Crispin Rival de son Maître*, & j'ai crû que le Public en verroit l'impression avec plaisir. FAIT à Paris ce 4. Mai 1707.

FONTENELLE.

PRIVILEGE DU ROY.

LOUIS PAR LA GRACE DE DIEU, ROY DE FRANCE ET DE NAVARRE. A nos Amez & Feaux Conseillers, les gens tenans nos Cours de Parlement, Maîtres des Requêtes ordinaires de nôtre Hôtel, Grand

Conseil, Prevôt de Paris, Baillifs, Senechaux, leurs Lieutenans Civils, & autres nos Justiciers & Officiers qu'il appartiendra, SALUT. Nôtre amé le Sieur *le Sage* nous a fait exposer, qu'il desireroit faire imprimer une Comedie, sous le titre de *Crispin Rival de son Maître*, s'il nous plaisoit lui accorder nos Lettres de Privilege sur ce necessaires. Nous avons audit Sieur le Sage Exposant permis & permettons par ces presentes, de faire imprimer ladite Comedie, en telle forme, marge, caractere & autant de fois qu'il voudra, pendant le tems de Trois années consecutives, à compter du jour & datte des Presentes. Faisons défense à toutes personnes d'en introduire d'impression étrangere dans aucun lieu de nôtre obéissance, & à tous Imprimeurs & Libraires & autres, d'imprimer, ou faire imprimer ladite Comedie, à peine de mil livres d'amende contre chacun des contrevenans, applicable un tiers à l'Hôtel-Dieu de Paris, un tiers audit Sieur exposant, & l'autre tiers au dénonciateur, de confiscation des exemplaires contrefaits; & de tous dépens, dommages & interêts, à la charge que ces Presentes seront registrées sur le Registre de la Communauté des Imprimeurs & Libraires à Paris, & ce dans trois mois du jour de leur datte, que l'impression de ladite Comedie sera faite dans nôtre Royaume, & non ailleurs; & ce en bon papier & beaux caracteres, conformément aux Reglemens de la Librairie, & qu'avant de l'exposer en vente, il en sera mis deux exemplaires dans nôtre Bibliotheque publique, un dans celle de nôtre Château du Louvre, & un dans celle de nôtre trés-cher & Feal Chevalier, Chancelier de France, le Sieur Phelipeaux Comte de Pontchartrain, Commandeur de nos Ordres, à peine de nullité des Presentes, du contenu desquelles vous mandons & enjoignons de faire joüir ledit Sieur Exposant, ou ceux qui auront droit de lui, pleinement & paisiblement, sans souffrir qu'il leur soit fait aucun trouble ou empêchement. Voulons que la copie qui sera imprimée au commencement ou à la fin de la Comedie, soit tenuë pour bien & duëment signifiée, & qu'aux copies collationnées par l'un de nos amez & feaux Conseillers Secretaires, foi soit ajoutée comme à l'Original. Commandons au premier nôtre Huissier ou Sergent de faire pour l'execution desdites Presentes tous actes requis & nécessaires, sans demander aucune permission; nonobstant Clameur de Haro, Charte Normande & Lettres à ce contraires. CAR tel est nôtre plaisir. DONNE' à Versailles le huitiéme jour de Mai l'an de grace 1707. & de nôtre regne le soixante quatriéme, Par le Roi en son Conseil, PAJOT.

Registré sur le Registre No 2. de la Communauté des Libraires & Imprimeurs de Paris, Page 104. No. 121. Conformément aux Reglemens & notamment à l'Arrêt du Conseil du 13. Août 1703. A Paris ce 17. Mai 1707. GUERIN Syndic.

Et ledit Sieur le SAGE a cedé son droit de Privilege à PIERRE RIBOU, Libraire, suivant l'accord fait entre eux.

www.ingramcontent.com/pod-product-compliance
Ingram Content Group UK Ltd.
Pitfield, Milton Keynes, MK11 3LW, UK
UKHW020204200726
13856UKWH00003B/1197

9 782013 080750